豈有不懂戀愛的菩薩

草川 著

目次

輪迴篇

不是巫婆變成的外婆告訴我，輪迴不過是每個有情，善男子善女人移根的一棵歸依的樹，譬如說我的樹是楓楓，你的樹是梧桐或常綠的槐柏。

輪迴是不停向上成長的枝椏，輪迴是你不停地，填寫時辰和恩怨情仇的年輪，輪迴是隨著一葉蚱蜢舟，在無盡的峽河中航行的淺底小船，沒有叫做終止的總站，也沒有汽笛的聲音。

到了忘數的驛站，站長就會卸下你的行囊行相，也許給你一條熱毛巾，一抹汗，就輕輕提醒你，該忘記累世的千愁了。

每一個枝椏都是私屬的輪迴，每一棵樹都是你我在甦醒之後書寫驚夢的片段，根本就沒有涅槃，只有母親胎盤上的根生，纏繞每一個尋常的百姓。

輪迴

隱約便聽到
啄木鳥在
吮飲我送給他
一桶浸滿
冬天的
溶雪的
聲音，明明是
鷓鴣天的
陽光也

照不到的
黃昏吧。

隱約記得
在潮退的
時候，仍然是
炙熱了的
海水，寄生蟹和
正在游弋的
彩虹鱒
檢視著我體內的
傷口，一個個
被長鋏灑下

幼齡的
虹彩，就放在我
曾經枕過
歷朝嬋娟的
臉頰，只記得
我不是由
一隻長喙的
候鳥帶我來的
也不是一隻
斑黑的馬
帶我來的
而且根本就沒有
坦克的聲音。

只記得
一輛下了蓬的
馬車
的的答答地
把我放下來
又的的答答地
走了，隆冬和
去年佈施時
留下來的
蔬菜，像豐收時的
禾穗，草草地
陷在一衍衍
鞋印的

上面呢
以及一些
滾雷走過
窄窄的
幽谷，真像
一首首
自我修補的
廣陵散
一閉眼，便可以
看到旁邊的
空凳，坐滿
沒有形相的星宿。

昨日的哭泣
昨日的一縷廚煙
彷彿匆忙地
送給我
一碟沒有
母親手汗和
羊扒氣味
就匆匆走了
昨日的
功課，昨日牧牛的
日子，以及
一件件
可以讓季節

隨便揭開的
風褸，也許還
靜靜地
以等待棋局
在另一個早晨開始
那種心情
躺著，猶之
我在手術臺
想像擁抱著
一百個浮臺和
淺灘的樣子。

一揚手

便磊落地
把不停東去的
大江
塞滿背囊
以及一丁點
彌留之前的
喜悅
和那匹領養的
戰馬
便走了
懷念姊姊的
出嫁時
儀仗隊和不停的

嗩吶，花橋和
樟木櫃和
一群蚱蜢
碰撞的聲音
甚至是
中途時，姊姊
坐在茶亭內
望鄉望家的
瞳孔
甚至啊
我和頑童們
躺在雞公車
飲醉了

一瓶瓶沒有
高粱在內的
汾酒，甚至把
一枝枝雛菊
種植在
我們剛剛
剃光的頭頂上
稍後和
無常的歲月
無斷地生長。

至於來憑弔的人
都是我熟悉的

狼群了
閑時節
玩家家酒的
時候
他們的牙印
還深深地
在我的血管呢。
（閑時節，我們
坐在銅雀臺的
天橋下
注視著堂前王謝的
麻雀，當他們
攜手走向

天南地北
我數著他們的
笑聲如楓葉
落下的日子
而暮雪
悲傷地送別
故人的呼喊
以及
像更鼓鑼響
一粒一粒的音符
那是祖母的
唸珠
突然散落的聲音嗎？

她就說
很多被油燈
炙傷的面頰
在一百年就會
痊愈了
而習慣了
被搶掠的城市
被篡改了的
秦楚，在另一些
木馬進城後的
故事裡
當魚貫列的
宮娥被

拐走後
便陸續還原
變回一個個
沒有海倫的
特洛伊。

太陽不是
懸掛在我的
窗框內嗎？
簾捲時
只聽到風以
陽關外的
故人言語叫我

吩咐我不要
隨便邀飲由
忘川釀好的
大麴，不要捕捉
從天河游來的
大鯨，不要
領養蠍子和
似乎熟悉的
大狼和獅子
渭城的風雨
早不在這個
迷霧如星塵的
城市了

這裡只有一艘艘
憂傷或否的
舟渡橫放江邊
戴著假面
曾經看著你
切腹的
船夫，擱淺截流那時
曾經借一把扇
哦，彈指間的六朝
故居故事
都在忘川的
河面定格
也許是歷世的
脂香粉膩呢。

忘川篇

從剛懂寫詩的時候開始，就已經喜歡把這條非河非江的川流，牽入我詩中的境界，忘川也許是一條淒寂無名的小河，黯然而浪漫，並沒有跟隨著人間的更鼓而轉色，沒有垂柳的兩岸，自然也沒有隆冬的飄雪。

忘川不過是奈河橋下，一道來去無定的深河，怕有千潯亦未可定。

河水可以入茶入湯，總之邀宴，便足以渾忘匆匆而逝的舊傷和之前的餘生，愛過和殺戳過的恩仇既往，便淡然流向甦醒後的百世早晨。

曾經深愛過共策一騎的嬋娟嗎？縱教千秋萬載，尋她千萬次赤壁火燒，都要沉江以覓嗎？

這就請自沉於忘川潯潯之下，枕睡河床砂石，數有千載，徘徊於無間幽思愁鬱的折磨，以憔悴為伍，惆悵為食，保住你的辨世思維記憶，其實是你的修行菩提。

亦過千載之後，輾轉於輪迴投世，中間，既沒有人或物攬你於懷，援你以三尺長鋏，你儘可長哭呼嘯，猶之希臘諸神的薛西弗斯，推石上山於無盡時空，每次如此，便可以記憶失去了在茫茫劫中，妻子的淒苦眼神。

忘川

我枕著這些
冰涼的
鳳尾草
用冷硬了的短髯
複製一些
在記憶仍然
不朽問鏡的早晨
稍後便
浸在母親煮好的

臘八粥裡面
門外喧嘩的
豐收節，還依舊
像頑童在
農曆新年
伸開向
妳們討紅包的
小手嗎？

甚至啊
有常和無常的季節
是真實地
存在過的

我們在一幅幅
跟隨著朝代變形的
地圖爬行
摸索，記憶
這是個買不到
入場卷的
炎熱的下午
夏天在妳和我的
額頭上
明明抹乾
很多被感染的
病症，一群兀鷹
將會在我和弟弟的

肚臍上
找尋著一份份
也許在歐洲才
新鮮的早餐
在我們西漢或
東周的朝代
他們的大革命
也同時在
尋常百姓的
咳嗽聲音中
喜歡仍然有
蟬叫的

初秋嗎？
飢餓的狼是
不願意在
寒冷的
草原覓食的
他們寧願像
失去妃嬪的
帝皇，坐在
晴天雨後的
井邊哭泣
等候一些
偶然清醒的
士兵，拋給他們

一塊塊
經歷過雨季的
夾心麵包。

把我用像極了
繩索的血管
一層層
包裹千年
在使結解開之前
其實我已經
準備把短短的
魚腸劍
插入從未灌酒的

肝臟，而且邀請的
介錯，甚至告訴我
已經在途中
不停斬殺
一些學飛的行腳
唯有這樣
當我仰望西山
是否有一群
熟悉的
諸神，那一彈指
他從右邊
就砍入我沒有
什麼痛楚的

頸項，只有如此
我體內的
雨季才可以
流向曾經在
那裡出生的
地方，唯有
傾盤潑出的
大雨，才可以
灑遍燈火
如此闌珊的
地方，譬如秦淮
譬如寒後的
易水和白帝
譬如朝露。

譬如這裡有
一千年才會
成熟的
深秋吧，也有
用一千年才能
完成的塗鴉
這裡是一個
冰糖葫蘆的
底層，我竟懷念
一個白色的
衣櫃，一醒來
就嗅到

昨晚的苦艾酒
和躺在門外的
土撥鼠的體臭
以及她嘴裡的
宿醉，通常
在五更未來之前
她就甦醒
提著紅色的
燈籠，看著我
仍然在
一大串紅酒和
女兒紅的
酒碗中

掛念著和她
一起走過
黑龍江和
羅馬佈滿十字架
耶路撒冷時候的
廣場。
（都五更之後了
朦朧的氣血
和朦朧的鏡
鎖住了
我們朦朧的嘆氣
這是記憶裡東方的
圓舞嗎？

我懷念可以
自我放逐時的
撒哈拉
沙漠是可以
自己去遠行的
遠勝於那些只懂得
殉葬的群山。）

沙漠是一群頑童
像我們一樣
喜歡相會
在樓臺和戲院的
門前，約會

吹著前一天
才學識的
口哨，而仙人掌是
最好的
戀愛導師
當十月的風
給他們看到
一些風中的
散髮，那時
就可以追逐
一團團很乾淨
商人的行腳
甚至啊

是取經人的
行腳吧，因為
他們也有一雙
沙行萬里的
足踝。

哦，如此冰霜的
歲月，只需要
一隻溫柔的
小手，便可以一起
釋放在遠古
開始懸掛在
曬衣架上的

蠍子和大熊
他們一致看著
下弦月怎樣在
沒有牧師的
祝福下
就慢慢地腐爛飢餓
並且嘗試把
像碎玻璃一樣的
霧水，只要放
一些花生糖
以及一丁點
母親做蘿蔔糕
蔥粒和肉碎
那些好味道的記憶。

在燈蕊爆破的
時候，妳就來了
突厥在塞外
單于在遙遠的
歐洲，妳沒有和
我一起下葬
跟隨著
行萬里的砂
走了，那時初曙
我還枕在千潯。

酆都篇

相傳夭折和離世，是黑白無常兄弟，和牛頭馬面，像押送犯人的方式，和你離開你曾經韆鞦，曾經摘一朵康乃馨的深邃庭園，那都是另一本線裝書的故事了，譬如昔年乘一輛篷車去的歲月。

我想像中，是一連串傷心或黯然的旅程，相送的親人在另一個維度，聆聽不到她們的哭泣和往後的音容了，也許可以共夢一枕。

我說入城，不必是酆都城，不必是黃沙漫漫，很容易就錯踩長街，這裡的街衖轉角，不住有情世間的日落殘暮，街中間是忘川的分流，也有個舟渡的船夫，披著過頭的風褸，舟渡是無底的船，來此的有情無需長靴短履，談笑間，黑色的大門彈指就到，入門後的兩岸，恍似秦淮，同樣曲樂盈耳，以為是江南故景偶相逢嗎？不，再沒有慣見的驚鴻了，也沒有回頭的輪渡。

進城

（一轉念

就總覺得我站在
沒有底板的
舟渡上
腳下就是透明的
體內，就是
灰色海岸的
藍天沙岸
在千潯之下

埋葬或草草地
收藏著東方和
西方的諸神嗎？

母親，若然這些
愛琴海
若然是潮捲
千弓的
錢塘，若然是
偶而在諸神的
手掌上
像燈花
粗暴地爆開的

紅海，都是
可以了解的，我抬頭
看著女媧和
阿波羅的
戰車走過
明明是日暮了。

母親，這個不肯
接受我的
東方銀幣的
舟子，一路上
遞給我一些
可以放在

羅宋湯旁邊的
無花果和橄欖葉
一邊好心地
提醒我，西方的
爵士，西方的歌劇院
而鄉村的
行腳，都是行吟的
騎士，而刺殺王侯的
短劍是不存在的。

母親，妳是那一類
巫婆？抑或被變成
千千個

讓我倚在
懷裡的家人
當我不停地
在搖籃和
不是醫院的
閣樓甦醒
彷彿沒有飲管
卻仍可
啜飲妳從眼中
流出來的
秋天，冬天
直到看見我
學習走入

不同的抑鬱
直到我再看見
獵犬在山上
奔跑，才懂得發出
吃吃笑的聲音。

一轉眼，三峽的
暮色像
佈滿墨汁的
年畫，旁邊的
猿啼，已經
鑿出一條
通向冥間長廊的

窄路短街嗎？

母親，這裡沒有
幽谷，沒有繆斯和
喜歡中宵
就去捕捉人類
就去入夢無間的
無常，這是
我們的
孿生兄弟嗎？
一轉眼
就看到沒有
諸神佇立的

岸邊，沒有薛西弗斯
沒有偷火的
普羅米修士。）

他們說
是另一個城堡
逃出來的螞蟻
把一段一段的山山
一段一段的水水
以及一季季
零亂的晨露和
風霜砌成的
從上一朝代就

無以名之的
春秋，一些
折戟和沉沙
就築起了這一衍衍
黯黑的長街
和沒有行李
沒有歲月
可以收藏
吶喊和嘆息
都不容寄存的驛站。

當來自商周朝代
那一列列

裝載著
不是囚犯
沒有平頭裝
和編號的
四季號列車
他們的革囊
只是放著自己和
仇家曾經
飲馬中原的故事
那些模仿著
古海死卷的
聖經，終於和
他們失去

曾經照亮樓蘭和
匈奴的
瞳孔，默默地
涉入不浮
人臉的忘川。

然後，我牽掛著的
眉睫就
靜靜地
隱去了，那是
大鵬乘翼飛時
和你邂逅的
面容嗎？

那是深邃的
長江頭
曾經教妳
溫柔地
彈指數雨的
暮年了
短髭密髮豈有
掛樹的
濃情千冊
唉，都過去了。

都逝去了
聽說那些

拆下來的東隅
已經和
沉在西湖的
戰馬一同下葬
只要側耳，便容易
聆聽到
和古箏或長笛的
哭聲和長嘆
那晚，痛飲古戰場的
餘傷，是心臟旁邊
一朵朵
供菩薩採摘
並且自己

也供奉的
米仔蘭，終會
在他們再來
之前枯萎。

至於不止弱水
三千的忘川
若你想渴飲
一瓢，渴飲
三百或
三千，都無所謂了
因為用雙手也
捧不起

一寸寸寒雪和
隆冬，哦
那是另一些
踏雪和被
諸神和繆斯
放置在
今日的演奏廳
的故事嗎？
猶之每個國度
都有斷橋
都有化蝶
猶之訣別和
偉大的夭折。

抑或那時
聖母院和
塞納河都已經
存放在
倫敦塔和
傾斜的雷峰
都是囚禁戀愛的
地方，當古代的
誓言都是
詛咒，都是
浪人偶然
遺下的錢幣

忘川就不應該
存在了
傳說裡下面
有千萬個
可以睡躺千年的
蟲洞，有可以
被推醒的
果陀，在其中
一個孤獨的
郵局，若有餘念
就可以尋找
即使是千年前
燃燒過的

假期和假面。

就可以脫下
來生的風褸短履
在這個
寂靜的郵局
穿越不數的
蟲洞入睡，直至
甦醒了的
果陀叫我：局長。

甦醒篇

記不起是否有無數無光的隧道，放在我的腳邊了，彷彿很多搖櫓的聲音，候鳥和楓樹被嘴嚼的聲音，以及歌詩班的高音，一系列的長船，慢慢流過窗下的運河。

沒有人和樹的互相種植，風鈴是奇奇怪怪的形狀，夕光殘照，去年或一千光年以前的人和物，比任何一種現實更清晰，這是真的存在過的故事嗎？是我在某個城市，某條鄉村吹出的口哨嗎？那絕不是一些魅影輪廓，當迷惑於一醒醒的女兒紅和大麴，我會把整個頭顱放入醒中。

就這樣，對現在的有情便開始付以一丁點繫念，如同鷹擊無形無相的蜂鳥，於未雨的長空。

甦醒

記得和我一起
把泥土
塗在彼此的
面上的跳舞蘭
是完全依照著
宗教的
儀式長大的
每次都是在
恐懼之下

進入寺廟或教堂
帶著和我
玩家家酒那種
胸臆，祈禱
懺悔，或者在
菩薩和
牧師的腳下
哭泣，當他知道
即使是有
豐饒的
雨季，和漂亮的
澆具，依然會像
馬其頓那年的

行軍，把繞城的
繩子斬開後
哦，如此多嬌的
青蔥輪廓
依然在看著
遠處的
雅典娜把浮臺
在海灘
拉起來的時候
再次離開
種植出我們的泥土。
至於有沒有

再遇到披著
黑色風褸
而且把我
送給他的銀幣
放入短袂的
摺袋，那個
沉默和對
渡客的悲傷
感到好奇的
擺渡者，也許是
下一次的
偶遇了
譬如說，在我

下一回
憔悴的浪遊
譬如說，是在
另一次
賭輸了撲克的
時候，也許他
可以送給我
一些儲下來的
銀幣呢，也許
我仍然記得他
沒有五官的
笑容，和搖櫓的
兩手，那一定是

曾經和
不同年齡的
頑童在村裡
或在義大利破爛
剛剛破砌好的
鬥獸場內
玩玻璃彈子的
雙手，總記得
他告訴我
一隻熟悉的
獅子，常常和他
述說羅馬人
捕捉整個非洲的

故事。

我在流浪或
稱之為
疲倦後的
回歸，在幾十劫
那樣遙遠的
路途，而且
也許是坐著
沒有年輪
和白色的
單車回來
聆聽了不止

由一個蟲洞到
另一個白矮星
那麼多
更鼓的
叮叮叮叮聲音
當我避開
迎面向我兜售
棉花糖和
遊樂場門票以及
廉價的
香水，甚至是
伸縮喇叭和
爵士樂器

敲打著凡爾賽
所有楓樹的
人聲呼聲。
（在無底的舟渡上
他展示過一些
大革命的
沉鬱的歲月
有些在
廣場的
演講臺下
裝載著曾經
在長長的
餐檯，和貴族一起

看過最好的
群舞，那些新鮮的
頭顱。）

叮叮噹噹，那是
我敲門的
聲音嗎？
我回來，但還沒有
蒼白或否的
頭髮，我還是
竚立在體內
一棵桂圓樹旁邊
一個準備吹

熄燈號的兵士
至於響著
笨拙長短號
由童年就躺在
我右手邊的
單車，通常帶著
我不喜歡的
行李袋走了
還沒有
和我討論
下一次該漆上
顏色之外的
另一種連

時代廣場廣告也
看不到的顏色呢。

我的手臂
和擬人的
指甲，彷彿正在和
梧桐樹一起
生長，我的
被長刀削圓後的
平滑肌
是母親在
踢開了
從冬天就去模仿

航機的雲
之後在
占卜師的
注視下生長
所以啊，每次我
蹲坐在航班的
窗前，看著玲瓏的
季節和繆斯
怎樣以
餐牌上沒有的
蔬菜誘我
以少刺的荊冠
誘我，以加進了

幼鹽的
弱水誘我
甚至在我每次
航向聖母院的
時候，送我
一大堆在死海
那些年留下來的
古卷，而我也
一直在
領聖體的時候
偷偷地放入
神父的口袋。

也許在吮飲過
三千瓢加糖
和一丁點
檸檬汁的
開水之後
便開始把
紙牌陸續地
放在血管的
夾層，看著母親
和芝士味道的
廚煙在黃昏
昇起一連串戀愛
而且用煤炭的筆

以日記的方式
記載下來
而且在旁邊
畫滿薰衣草和
龍舌蘭
笑著的樣子
而且在閱讀過
它們在印第安人
在天竺
或旁遮普發生的
故事，然後
靜靜地撫著我的頭髮
送給我

連有情歷史也
不忍心稍稍
記憶一次的
片段。
（所以，我總喜歡
猜測，母親是
那一種菩薩
直至她說
不是由中世紀
來的巫婆。）

蛻變篇

總有人說：我們是由一些遠古之前，灑在海面，像雨的微粒，慢慢發芽生長，我們的根，植根於茫然黯黑的海床，這裡也有離世的太陽系，有後來不斷命名的星宿，這裡的維度，遠多於後來能夠尋覓的維度，如果說這裡是也有反物質，對了，盤古初開，這裡也有黑洞，外面有超過阿僧祇劫，超過恆河沙，一沙一銀河系的虛擬空間。

我們的根，也許在水母和游魚的周圍，他們也是我的母親，歷盡不可知和無以名之的光年，我們的母親是變了千千萬萬，霧來霧去的面譜，海裡的空間真的有霧嗎？

有的，不同的空間，總有難以言喻的季節，霜降在所有形容為胸臆的地方，晨露無處不在，有陽光或沒有的寸土荒原，都有霜霧同時的日子。

根本沒有黑暗的日子，生時我們不是在摸索，是在遊戲的開端，剛剛通過一條母親給予的隧道。

蛻變

每次看見很多
穿著簑衣
手上彷彿托缽的
行者走入
連季候風也
不想邀坐的
茶寮，一件單衣
不鞋不履
真像黃昏海岸

那個一口可以
把水滸傳
所有星宿
牛飲的
說書人
他喜歡說悟空的
猴子，入魔的法海
以及一個
斜斜地
等著書生
在斷橋的
另一邊
撐著根本

未雨的傘過來
過來的
雷峰，明明
沒有汨羅江的
日子，也沒有
戰國，在牧羊的
色相中出現
唉，都過去了
零聲的
哭泣笑貌都
不在我們
嚼嚼著長草的
胸臆裡面了

明明也沒有
蛇變的端午
一閉眼
就想起一個
穿白色裙裾的
嬋娟，一閉眼
就記得她好像
在昨天
在母親不喜歡的
廚煙，靜靜地
出來，手上
還捧著
我們在

傷心的楓樹上
摘下滿滿衣兜的
落葉呢。

我們還聆聽過
為什麼
要在夏季之後
才開始
轟烈地
戀愛呢，蛻變
在秋天之後
只要借一些
不是偷來的

火種，便可以
煮乾一個
東海和晉江了
於是我們在
炙熱了的
海邊，摸觸著
仍然黯黑的
礁石，和一些
熏焦了
皮膚和瞳孔的
座頭鯨
當他們用不是
母親的

鄉音對我們
講述一個個
沒有註解的
故事，譬如說
人是可以
變成蝴蝶的
不需要由
蛋殼裡走出來
不需要
蟲變，不需要
教圖畫的
老師，輕輕地
加一些

顏色在無相的
兩翼兩手
就可以了
甚至也不需要
親炙對方的
額頭，便可以了
甚至不必把
對方的
亂髮編結成
千千結
千千萬萬個
寫在平滑的
面頰上的

心願和虛擬的
舊愁，都可以了。

至於我們
嘲笑了
整個可以
浪費的
小學年度的
天河，仍然
不會饒舌
不會捕捉
在河邊自照的
十六歲

我們常常在
母親縛不住的
中宵鐘鳴三響
就跳入一枕的朦朧
哄騙裡面的
鱒魚和海狼
跟我們
走進母親的
廚房，或者
一起坐在
學校操場的
籃球架下面
看高高跳起的

女孩，那時
剛剛是
油烹的
昆蟲最好吃的
春季，那時
我們還偶然
遇到似乎相識的
異鄉人
展示油畫中
不常出現的裸體。

一起風
彷彿煮海的

張羽又來了
喜歡吃薑汁糖
吃芋頭糕的
說書人
又回來了
討海的人
一連串
跟著他們的
黑色短衣的後面
甚至在河床上
一直在玩
彈子遊戲
等著蘋果跌下來的河童

都回來了
那時，我才知道
那些懂得
把頭髮和
綠色的
絲帶織成了
蚱蜢爬在上面
這種髮型
最可愛的了
我開始想像
是不是可以
跟隨著
搖擺的髮稍

一起走入另一條
仲夏的暖河。

即使是
小小的嘯聲
便可以在
五更醒來
再睡去
突然記憶起
原來人面是
可以複製的
而且只要
加一小碗湯麵

加一碟
母親切好的
甜甜的
菜頭，便可以
齊齊地
放在早餐的
檯上，和我
一起在
碟子裡的
漩渦把
千百年跳過的
圓舞，清楚
排列成一些

古舊的城堡。

也許無論是
葉落或否的
季節，早就已經
把我們的
臉頰，變成
一幅幅
用麵包碎屑
才可以砌出來的
地圖了
牙齒是
五嶽，眼睛是

兩盞閃爍的燈籠
常常在不是節日
也拿出來
照亮奔跑著的
長街和打不爛的
櫥窗
真的，這兩盞可以
打碎後
又立即在
眼框裡復原的
燈籠，以及
流得很頑皮的
眼淚

彷彿仍然
沒有鹹水味道呢。
(哦，已經是
千千條
風乾了
又逢歲歲
洪暴雨禍
不許游弋
自己的忘川嗎？)

聆聽篇

很喜歡在入睡前，靜聽彷彿一個甲子那麼漫長，那麼緊逼，心臟跳動的聲音，也想著什麼時候，會加速到了一個極點，然後，突然像紅氣球到了雲上，突然就無聲地爆裂，也許是等於汽油罐在廚房中，一次很轟烈的崩潰，我可以聽到心臟和我擁抱後，分手的聲音嗎？

世間真是一揮袖，一次瀟灑的走入，就可以在每個人類的身上，找到了明明的四季，這就有叮叮噹噹的金屬和不是物質的河川，千濤之下的物質，不是靜靜地在體內閱讀，不是歌詩班等待聖堂的開始，而是等待不可預知的時節，在放逐的日子，我是喜歡看遊弋的鯨，很早以前就已經寄給他們一幅幅不同背景的明信片，也許在搖籃和尿床的時候，就不停學習他們噴氣的聲音，真是一種偉大的呼喚。

聆聽

是什麼人
把我偷偷地
帶到課室以外
都沒有所謂了
是失明的
外婆嗎？
搖著獨木舟
到她的窗下那一天
明明所有的

茶花都逕自地
扮演著
一個個新娘的
樣子，明明
響著不吵耳的
鞭炮聲音
明明在花轎裡的
嬋娟還
擁抱著去年的
枕頭，明明
知道今天的
晨露不再是
霧從今夜白

那樣的
隆冬，當我
靜靜地
坐在對岸
看著遠處的
滾雷向我
走來，而且送給我
連一個感嘆號
都沒有
寫上去的
帖子，於是
圍繞著的
頸巾，開始告訴我

來年的四月
不應該像
江南的黃梅天
所有可以拖著
那些親人的
雙手，不再是
雨後的潮濕。

都無所謂了
我第一次
就學會
攬著五嶽的
肩頭，帶他們

去憑弔華山的
絕壁，那一條
是我曾經策馬
走過的
棧道嗎？
都無所謂了
總有很多連
歷史書都不能
串連的
故事，像初次在
橋頭上
看見賣刀的
楊志，也許背後

還有一個患病的
虞姬呢，我想
當飢餓的時候
可以吃一些
新摘的
雛菊和白色的
康乃馨嗎？
隱約聽到他們
背後一隻
灰色的馬
發出無法跳出
一個個那麼多
雨水累積的

輕塵沼澤時的
可笑叫聲

都無所謂了
當看厭了
嗩吶和橫笛的
外婆，在送我
一碗碗
臘八粥之後
便要我在
畫好了的
圈子內
聽一個季節

那麼短暫的
蟬唱，他們是
最慣於把
城市和鄉下的
泥土濃味
放入翼下的口袋
他們啊，根本不是
悅耳的南音
而是苦行僧
在禱告時的
另一個樣本
或者這些導師
唯有用這樣

低沉的呼喚
才可以載著
菩薩，免費
渡過有情的驛站。

都無所謂了
當遠來的水手
送給我一張
用諸神的
編織的吊床
而且告訴我
木馬和特洛伊城
一千艘戰船

怎樣航向
還沒有
拜占廷和古卷的
亞特蘭提斯
而且告訴我
還有很多個
被拐走的
海倫，還留在
斯巴達呢
於是，我便學習
像希臘人
留著短髯
當離開銀河系的

星宿是
另一種
可以拐走的
女孩，我帶著
輕便的
木船上路
在船上的
小小儲物室
還留著去年
在圖書館內
和梵谷一起
割下的耳朵
這樣，我駛入

另一個特洛伊
回來，我的行囊
已經載有很多個
拐來的神話。

我吹著迎擊
西班牙和維京海盜的
口哨，譏笑著經常
扮演失明信天翁的
宙斯，他是整個
奧林匹斯山上
最不懂戀愛的
兄弟，也不懂

在佈滿貝殼的
沙灘上，擁抱
膝行迎面的
南風，而且
不知道木馬
在歌劇院的
前座，讓華格納
包裝好，再送給
落寞的諸神。

終於變成了巫婆
我的母親
她的叮嚀

在街市轉角
爽身粉一樣的
呢喃聲音
灑落在我們的長髮
那時我們齊齊
閱讀莎岡的
小說，不斷和
體內的
所有傷口
手談，早就知道
今日早餐的
麵包，是廚師
用不潔的

剃鬚刀切好的
我的體內
正等待著一束束
在空中
沖洗乾淨的
跳舞蘭
像一座座
乘坐在
降落傘上的
須彌山，下降。

游弋篇

想看看群山的時候，群山就在我的左右手旁邊，倘若我們都是猿變的，群山也是石頭變的，常覺得，群山是遙遠探訪我的親人，在深秋卻不涼的天氣，帶著長輩而我們年輕時，不太懂的憂鬱。

每日晨露初來的時候，群山蹲坐著，吸一個時辰的水煙斗，噴出來的煙霧，就是一條準備送給我的圍巾。

他常常說：為什麼不去看看外面曾經陷落又重建的家園呢？也許有個你喜歡的嬋娟，黃昏時，卸下右肩的衣袖，以一個引你的姿勢存在，因為啊，戰後常有這種孑然一身的女孩，她們也不喜歡不實在的浪漫呢。

而且沒有什麼比划一隻沉默的小船，划向不是三峽的河川，載著她，撐起叛天的雨傘，河流船不流，這是最堪形容季節最值得存在的浪人歲月。

游弋

（我們也間中
飄浮在
頑童放手了的
紅氣球上面
偶然就看見
曾經蹲坐
吸著水煙斗的
群山，把一條條
連江南也

不要的瀑布
送給我
代替經常不捲的
窗簾
也隱約知道
倘若他從須彌山的
芥子回來
一定送給我
一本流行小說。

你說：當記得歸與
如冰涼的
汾酒，便應該

把鞋穿在
知更鳥和
蒲公英的
腳上，然後
就回來了
也許你小學時
罰抄的
儒家還放在
母親的枕頭呢。）

至於我站在
往印度或歐洲的
橋上，都不重要了

從來沒有人知道
我曾經赤著腳
站在晉朝的
渡船上
一弦一柱
扣緊秋深和
冬至的
棉襖，十七歲
終點的
戀愛便在兩對
深邃的
瞳孔裡面
守宮的牙齒

就留在枕過的
肩膀靠頸項的
地方，都不重要了
那次傲游的
郎君，回來的
早晨，是落寞地
謄寫妻子的墓誌銘
草草地
加上她冷寞地
吃早餐的
面容，哦，三百年
我的背囊
就常常帶著

一雙傷心的大眼。

從來沒有人
看著我的船渡
怎樣穿越
所有的橋孔
即使是九月的
蘆溝，之後
由唱雙簧的
茶樓，到了
海頓和舒伯特的
劇場，也一直
沒有人

問我是否曾經
站在可以和
黑人在船窗的
空隙中
握手，讀星期日的
聖詩，蘋果汁的
冰冷，猶之
印象中的
鐵觀音和
隆冬的綠茶
猶之我在某些年
收過一頭狼的
生日禮物

我在溫馨的
雪國，我的
傷口，是紅樓夢
最漂亮的
外一章。

（那個人問：
為什麼你仍然
站在可以看到
俄羅斯屠殺
沙皇的
街燈下呢？）

那時就是我
喜歡踢四分衛的
開始，我的
肩膊，抵抗
另一個四分衛的
肩膊，而且
在任何的
不同方式的
天氣下
學習向
不景氣的
街衢搶掠，當我的
額頭習慣了

一些電影
被槍手射擊的
畫面，某些
廢墟和無數
無以名之的
種子，也在我
另一個心臟旁邊
像一個旗號
在南北軍的
佔領區重生。

吃白麵包的
日子才知道

喝羅宋湯
是需要把手指頭
放在裡面
才喝得出
沒有母親和
馬鈴薯的
味道，而且
在洗禮的
河邊，乾淨的
楓葉也
經常在施洗的
約翰和我的
身旁，昇起

昇起，那時啊
突然記得
耶穌和約翰的
懸賞告示
斜斜吊在舞娘的
手鐲下。

這裡也有
風信子在
我體內的短街
和我一起攜手看
愁聚愁散
一起吃西部

最透心的
冰淇淋呢
也許和馬欄
決鬥回來的
醫生和警長
一同酗酒之後
站在殯儀館的
曬衣架下
度量自己的
身高，也是
一種可以接受的
笑話，甚至啊
把來福槍指向

雲端，也是一個
把不喜歡的
諸神嘲笑的
日子，那時
當酒吧和
咖啡茶座
站滿替人客泊車的
孩子，就想起
倘有前生
他們有在鬥獸場
和獅子一同遊戲
放在盛宴檯上的
記憶嗎？

也許再過幾次
不止六個維度的
空間，便真的
沒有懂得手語的
人類了，我的
導師，總喜歡講述
一九三六年的
佛朗哥和
西班牙的
鬥牛，在應該
革命的廣場
響起和戀愛
一樣轟烈地向

父母反叛的
不是拜倫和
海明威熟悉的
鐘聲。

自從知道
風其實是可以
逆向而吹的
我們開始勸說
霜降竟然也可以
直接落在
雙城記和
開始溶雪的

聖誕節早晨。

很快又是
曼哈頓的
下午茶時間了
從白色
檯布的邊緣
稍為霎眼
我們竭力保留的
面貌，仍然
縛在由
另一條星河
爬下來的

蠍子尾巴上呢
我們看到地獄
在宇宙大爆炸前的
景象，以及佈滿
開始枯萎的
蟲洞，也許進去後
可以和
稻草人一起
帶著割稻機
把歲月種植在
對方的枕頭裡
這樣的
戀愛，才有一丁點像

日落大道
陰霾密佈的
黃昏，一輛電車
駛過，叮叮叮叮。

我們也不外是
一系列
在紅氣球上面
飄浮，也不甘心
被命名
所謂草率的流浪。

真的有
那麼多的
新梅瑞雪嗎？
每次去聽聽
線裝書裡面的
鐘聲蟬聲
便想起在
鐘上的圖案
而坐在柏樹下的
郎中，總提醒我
划一隻
有布篷的船吧
遠處就是蘇州

只要把張繼的
鐘聲和佛經裡的
呼喚，偷一點點回來
便可以給我們
一些沒有限期的
食物，他告訴我
其實早就
沒有山海經
那類的雪國了
我們應該
學習怎樣
把鬧鐘放在
火車，並且習慣地

把別人的城市
儘量在
傳說裡的
相對論，延長
他們在車廂的
拔河比賽
唯有這樣的
動作，才可以
把一些銀河系
拉出來
就忘記黃河吧
在最蠱惑的
歷史中

沒有東去的
大江，故壘是
永不遷徙的酒廠
羈留很多我們
想豪飲的
葡萄酒
沒有巾幗
因為她們常常在
我們的指頭上
溶化。

放逐篇

沒有方向的游弋，稍後就是等於一種
找不到驛站的浪費，好望角只是避風
的中午，自覺二十歲之後，仍如降下
湖面的新雨，不屑仍然留在陌生的民
宿，和另一類頗多體臭的鄉鎮，雖然
隨眼看見下墜的熟果，但我到底不是

攀樹的猿呀。
寧願站在樹下，果落如雹，猶之每次
緣散即棄的冥想，我在冥想和冥想之
間，築好一條不常不斷的驛站，冥想
是列車，車身畫滿賣座電影的廣告，
駛向未境。

放逐

我們最喜歡
拿著不合格的
手電筒
在傳統或否的
教堂，當他們
領聖體，以及
像騎士以長矛
高舉著別人的
嬰兒，那時我們

就懷疑神
是不是真的
存在，抑或隱藏在
十字架和
唸珠裡面
我是這種一直
沒有正式被委任的
將軍，稍後啊
才知道這個女媧
並不是和
會啼笑的
猿一起住在
三峽的。

我們通常
很小心地
把她面上的
雀斑摘下來
把她的脂香
抹下來
讓她的長袖和
鈕扣脫開，突然
飄浮在
沒有紂王和
比干的
南風天裡面
也再沒有

封神的謠言了
也沒有土行孫和
可以和狐狸
戀愛的傍晚
那是不衛生的
渲染，等於
三明治是
不可能放入
一些有
果醬味道
加農炮的火藥呢。
真的，稍後我才

聽得清楚
群山也有他們的
語言，即使我
熟悉他們的
鄉音，送給他們
以萬聖節的
太妃糖，也不可以
一起和群山
戀愛，玩追逐的
遊戲，即使送上
一碗碗好吃的
芝麻湯圓
他們還是喜歡收集

我摔傷之後的
呻吟，把我的
學校手冊
掛在樹上
把我的成績表
打開，放在
樹頂的枝椏上
又說：這是最好
捕捉大鳥的
陷阱呢。

我也是最好的
斥侯兵，騎在

群山的頭上
便可以看到
逐漸傾斜的
雷峰，也逐漸看到
整個歐洲
都在模仿的
倫敦塔
甚至啊，在紅場
沙皇時代的
騎兵，都在
做同樣揮刀的
動作，和我
只喜歡吃

一碗碗糙米粥
一樣，我們都是
尋常百姓
在面前永遠只有
一碟枯乾了的
年輪。

當霧是一條
不合身的腰帶
我們就去看
發胖了的
群山，賦予他們
一個舅舅的

名字，這個時候
舅舅讓我們
看看他
開始微禿的
頭頂，他的
足踝，仍然是
可以和
土撥鼠一起
短跑而且衝線的
跑手，每次比賽
之後，都讓我
知道，我繫念過的
繆斯，仍然在

奧林匹斯的
山上，阿波羅的
戰車旁邊
還懸掛著
一瓶廉價的顏色
稍一傾斜
就速即染紅
一個佈滿
風鈴的沙漠。

（請喚我：酋長
圖騰在我的
窗外，帳篷也在

草色入簾不青的
路邊，逐鹿之後
在沒有被白人的
槍彈染污的小溪
浸一個沒有驟雨
即使是驟晴的
溫柔下午
我的皮膚
是熊一樣的顏色。

於是，整個下午
在數學老師的
黑板，寫上我的名字

就走了
把不懂的三角幾何
放在我的網球拍旁邊
就走了，像其他
高僧和菩薩一樣
不帶著一件
母親手織的
毛衣，連顏色都
沒有記下來
便靜靜地走了。）

隨想篇

那些幼年時期，偶然會想像日本的櫻花是怎樣子的怪花，那些年，不傳統的事物，都是另一維度裡的植物，因為讀唯識，就知道，所有事物，千千山千千水，千千井萬萬橋，都是可以由識變出來的，我們可能真是光音天來的魔法師，捏造雲彩，佈雨佈霧，霜雪如此迷茫飄逸，不應該夾雜世間的恩怨情仇呀，風起塵湧，我們的面容笑貌，能留多久就多久，算了，來生總有來生的伴行星宿。

後來終於看見櫻花在我髮頂，櫻花也在我的腳下，那次，夜半三更，我第一次偷偷爬上去看瞳孔前面的櫻花。

其實他們都有自己的行腳，只是暫駐在愁起喜落，轉瞬間變了另一種替換的心態，你們看過這樣擬人的花嗎？

隨想

像導師說
我們不懂真正的
流浪，沒有
偷走母親的
一文錢
就一把劍，一背囊
跳入用窗框
做成的
隧道，就靜靜地

走了，而且
多數在
雞鳴之前。

在黑板的
另一個好望角
我們是變形蟲
在街頭或
煤炭屑的
跑道上
找尋從
露天電影院
走出來的

宿主，甚至
在垃圾桶
跌出來的
蘋果，身上的
咬痕，那些
斑爛的圖案
都是哥倫布
最後航行發現的
新大陸
一個紋身的
女孩，是我
第一次的
戀愛，雖然她

不會喜歡我在
船艙內
儲存的耳朵
（至於梵谷，從蟲洞出來
那是一個忘年的
弟弟，蘋果上
有多數連結的
隧道，至於愛麗絲
是否另一個
東方的小喬
都不重要了
我們早就習慣
和不斷

變換面孔的
男性和女性戀愛
不斷捏做
耶路撒冷的
故事，而且虛擬
不同旗號的戰船
在初秋時分
下海，在別人的
城牆上
描述第六次元的
傳說。）

而在紅海的

另一個轉角
所有灌木叢都是
他們選擇的
監獄，我們是
里爾克在
囚籠內不停
奔跑的豹
甚至啊，連一條
鱒魚也可以
隨時嘲笑我們
因為他們
從河床和
斷劍沉戟之間的

淺灘回去。

有時，早就知道
再沒有
另一個母親在
門前等我
一起喝羅宋湯的
日子了
縱使北風撲面
盛載在碟子上的
是溶在
湯裡的黃昏
哦，那是十個

織女星和
太陽系的距離呢。

於是導師就
吹著我們不懂的
口哨走來
給我們看一些
沒有宿主的
群星，教我們
怎樣把白矮星和
黑洞在體內播種
發芽，變成大樹
這樣，群星有了我們

附予的名字
他們不必
穿著禮服參加
我們的
花嫁，而且不需要
一個遲到的藉口。

那時我的
功課是饒舌的
日記，常常和老師
討論另一個
心臟的波波波
跳動的聲音

而且把這些
間中變成了
蝴蝶的
經文，加上
洋蔥圈和
一樽伏特加
在踏出分開的
紅海，和踏入旁遮普
途中，是最好吃
和廉價的早餐
當然，在適宜去做
彌撒的十月
我仍然堅持在

教堂內賭博
做一些孩子的
教父，在領堅振後
和教友約定
倘再有餘生
我們的葬後仍有
呼吸，就齊齊揀
一條充滿煙味的
銀河系，對飲
一醒百載泥封的
女兒紅。
（那時，整個巴黎還可能
沒有清醒呢。

那時，滑鐵盧的農莊
還在長雨的清晨。
那時，歐洲的兵士
仍然不知道
何時適宜下葬。）

而記憶中的
母親，還在我的
舌尖，偷偷地放上
一些幼鹽和
炒米餅上的
焦糖，還告訴我
昨天的錢塘

潮退之後
還有人找到
一堆射潮的
弓箭呢
彷彿我
真是曾經是在
法場劫回來的
一顆突然
降下來的
星宿，也許有
這一頁不在
刺客列傳的
記載吧，也許

有一首策反的
十四行和
交響樂和
序奏曲，清晰地
寫在胡同的
牆上。

嗟乎，這時
我所有描述
都是等於
在面頰上的
風中散髮
甚至是在頸項的

金剛杵
以及繡著
波旁王朝的圍巾
甚至啊，不斷地
尋頭的貴族
也無間地
出現在我止觀時的
龍華會上
雖然有時
仍掛念著
一葦渡江的
傳說，一拂袖
就攬盡滿湖的

梅彩和杏葉
江南的
塵土細樹和
屋簷偶然不墜的
雨雪，當我們的
短腳，在凍僵
之前，可以踩碎
別人遺下的
紫丁香。

如是雕刻，如是
草擬做
一個合格的行者

一個合格的教徒
傳統式的
約會，那時
我們還穿著
整齊的校服在
汽車旅館的
床上，還未想到
在花嫁那天
新娘和新郎的
名字呢。
（如是雕刻，如是編寫
我的萬年曆
我的剪得不合格的

臍帶，我的指骨
開始變成了
像舍利子的筆尖。）

止觀篇

常說這是不容易解釋的空間，一頓首，一坐入，彷彿周圍的長街短巷，遙遠的商場列車，都在前往織女星的途中，光年的旅程，紛紛地落在彈指之間，葉落有多少次季節？光年裡的季節就有萬萬千千。

看見的家中仍然有女兒的笑談，敲門的管理員問廚房的煤氣，彷彿仍然可以嗅到正在煎炸的牛排，哦，原來香味和煎焦了的一些位置，是看得到的，色聲香味觸法，是一個層次，難以置信，沒有形容方法可以形容，即使是雙方的情悅愛戀，是可以觀看出來的。

明明看見一幅鐵絲網，和網外平排的長草，每次上座都希望數清楚她的眉毛數目，每次都這樣和她對望，每次她都用看得見的說話問我：你想知道什麼？

止觀

踢躂，踢躂
這不是我鞋子的
聲音，也不是
外面曬衣架
南北風吹的
聲音，明明
有我不認識的
行者，帶我去看
四五一度的聖母峰

一路上還和我
玩玻璃彈子之外
另一種遊戲
教我如何
抱著一個個
滾動的
浮屠，就去占卜
就去奔跑
笑著的
急流在我的
右邊，騎著竹馬的
苦行僧，在我的
左邊，跟著

把我的
胸臆，用專諸的
短劍刮開
裡面是
一個繼續去
流浪的小小
休息室，繼續
收集零碎的
片段，譬如
一首首的
爵士，和去年
在仲夏海邊
一堆破爛的

音符，長笛
和一些遺下在
芭蕾舞座位下的
眼球。

四更起床
我們五更就去
看沒有人再
提起的墓園
裡面的人
都是在走鋼索的
時候，跌下來
像一些

傷感的楓葉
隨便揀一個
可以望到燈塔的
方向，下葬。

我旁邊的座位
是留給剛剛
從古典音樂出來的
郵差，他們啊
早就不穿著
蚱蜢送給他們的
衣服了
在我三歲那年

他們不斷交給我
我祖父
一連串的
叮囑，告訴我
當我看到雷音寺
那時，請記得
在菩薩的
口袋裡
替他找到
告解時遺下的
千層糕，而且
學習用舍利子
下棋，甚至

在賭場的
檯面上浪擲
都無所謂了
這僅僅是
吃一塊棒棒糖
如此短暫的
生命，也是
一個在義大利
露臺，把染紅了的
雛菊拋向
劇場，莎士比亞
和喜歡向
熊射擊的

福克納，以及
把唐吉訶德
懸掛在
風車上的
西萬提斯
其實也不是
合格的羅漢。

止觀（外一章）

總是惆悵地
看著一個
市集，被從來
沒有佈施和
接受佈施的
人類，在寂靜後
再在黯然地
撕裂的
日午，枉有很多

割脈的
報紙頭條
而有情世間在
幻滅之前
連掛在風翼的
風鈴，也是沒有
笑聲和
傷逝的哭聲。
（當我鮮明地
看見，她和我共策於
一騎的日子
竟然還停留在
賣馬鈴薯和

由灰姑娘的
舞會回來的
攤檔旁邊
她那時說：
你的手，很像
尊者的托缽呢。

於是，彷彿有一滴
不應有人
揩拭的淚水
茫然地
在瞳孔
在眉睫

拾階而下，而下
非常鮮明地
用一個個
不可言喻的
手印，你常說
一個這樣的
手印，就等於
一個逝去了的
使結，而每一個
溫柔的使結
像天人的花環
在以前驚醒的
時分，即使你還在

數箭之遙的
賀蘭山上
這是一隻可以
載你回來的
大鳥。

把她縛在
水窮處好嗎
這就和我一起
看千千本
沒有聖誕樹
在裡面的華嚴。

（世尊，在我們閉關的
室內，仍然放著
熟悉的菜籃吧？
裡面有塵封的
相片嗎？
哦，也許是我
前生或每一劫
過後的餘生
一個憔悴如炭
如雨裡的亂髮
一個無法
在我削髮時
勸阻的妻子嗎？

以前每一粒烙印
都是一次
突然的離別
不會有人還
站在闌珊的
謊言中了。

記得有一年年的
入暮，拖著她
走入江南的
黃梅天，新買的
蝴蝶結就替她
扣在短短的

棉襖上
還說雨來得
太遲了，送不及
回鄉的火車呢。

世尊，這個觀空
還是不能畢竟空的
房間，不時看見
母親的輪廓
剛剛剪去的
臍帶還縛著
那麼多劫多生
不同城市的

一對對鞋子嗎？

如豆豆的燈盞
容易焚燒的
燈籠，廝守過的
指頭是無法在
任何長灘
任何棧道
任何拍岸的
驚濤裡尋覓的
一個逗號
一起燃燒
已經四萬年了。）

止觀（外二章）

母親，我的指甲
仍然深藏著
妳帶來的泥土嗎？
莫謂沒有乾淨的
泥土，莫謂我
不知道妳之前的
年輪，妳浪跡過的
輕塵，一定
像十八歲的

針線，放在搖籃的
旁邊，所以啊
我的十八歲後
就模仿著
找和妳如妳的
音容笑貌
那種女孩
這樣把濃霧在
纜車站的
茶座撥開
把她的頭髮
撥開，這是三千年前
就已經很熟悉的

習慣了
雖然那時候
我們還迷信
春秋和楚辭是
可以像彩虹一樣
稍後掛在銅雀臺
或是雁門關關口
我們已經討厭在
城垛之間
玩家家酒的
遊戲，之後
我的骨灰，彷彿
又飄在塞納河的

水面上，隱約
又嗅到東方的
西洋菜湯味道
一直散佈在國會
不肯散去的
人群裡面
當他們一面吃著
廉價的三明治
一面看著刀落的
聲音，這是東方的
蘭花和
西方的炮仗花
可以送給

路過的菩薩
插在無聊的
日子，至於
他們的眼神
是不是坐在
看茶花女時的
前排，都無所謂了
一開始就知道
列車都是
不按軌道駛出
昨晚擲骰子的
惡夢，還在車長的
糧袋裡

（世尊，我們內心的
不流不逝的
湖海，不題上款
不寫名相
閑時節，且以
雙手為槳
掌紋是航海圖
靜靜划出去吧
把梵蒂岡
藏在襯衫牌子的
背後，把樓蘭
和不停哭泣的牆
放在櫥窗廣告的

襪子裡，這樣
像普通船家
划出去，蓑衣草帽
船邊一隻
捕魚的長喙
也可以撈起
不沉的瑣事。

世尊，這是稱之為
不暮不乾的苦海
是我們的
遊樂場嗎？
我穿著小丑的

服裝，站在
戰略的構圖上
值班，把士兵和子彈
撿拾，已經
分不開是不是
海軍的兵團了
這是你曾經
討厭過的
廚子和副船長嗎？
現在，他們和
下面的魚類
甚至是
好吃的座頭鯨

一起營造
秋天最耐看的
霧氣呢
世尊，這一刻
我稱你，長官。）

也許你同意
在盡頭，放一個
卡夫卡早就
遺失了的古堡吧
晚上總有些
從銀河系
跌下來，一些

天人已衰的
花串，容我
草草釘在
練武場的
長茅上吧。

甚至啊
這是沒有逃亡和
容許修補的
劇本，且讓我
偷偷地
摺好一些片段
在賣火柴的

女孩還站在
早晨的那天
一根松樹的
枝梗突然就像
雪車的鈴聲
走入我
未凝結的瞳孔。

若說我們的
慾望是護城河
佈滿別人
歷世不要的
玩具，這個

也有嘉年華和
巴西舞孃的
苦海，一霎眼就
回去跳街繩的
年代，不停在重複
吸食大麻
和在自己的
傷口灑些
肉桂粉和
黃色炸藥，於是
來生猶之
冰雹的降下
間中有血。

若來生我
是精神病院
唯一可以請假的
病人，穿著
有米仔蘭徽章的
小學校服
拖著妻子或祖母
溫暖的小手
在雪把皮層凝結
之後，驟來的
雨，把以前的
欠單，釘在上面
我們總是在

還剩有一丁點
喜悅，去看海灘上的
寄居蟹，漸漸
變成在博物館
爬行的化石
（在牠們的背上，還可以
看見我草簽的名字。）

止觀（外三章，思裂）

在習慣了
進入看不到菩薩
行腳的地方，充滿
吃吃笑，那麼多的
人聲，車聲
上課的鈴聲
以及老師用
僅僅一隻生在
中央的

眼睛，就可以
用嚮導語氣的
咐囑，帶我們
重溫滑鐵盧的
戰爭，那一天的
早晨，我們是兩方面的
騎兵，分別
把長茅由
自己的胸臆拉出來
分別把明信片和
生日禮物
用染滿泥漿的
花紙包裹

隔一日之後
就以陌生人的
面貌，送給
自己的妻子。

在一些沒有什麼
正在比賽的
日子，我們
開始把
沒有顏色的植物
在別的星球
種植，選擇適宜
他們跳圓舞的

日子，揀一些
較輕的
黑洞，放在他們的
旅行袋，而且
在三次元的
舞會大廳
不需要從有
門檻的柚木大門
進去，我們最近
甚至是從
家中二樓的
牆壁一隅
靜靜伸長了

手臂，觸摸深愛過的
妻子和女兒
雨後回來的面頰。

從舞會出走
清晨，我的鞋子和
襪子，以及白色的
禮服，很早就
懂得在
鮮奶和玉米的
碟子上飄浮
哦，這就是昨晚的
舞姿嗎，隨便

記起，就一直
回到那些年的
約會，在鯨背
噴水孔旁邊
也可以
指著一團團
流過的海星
許願，建立多生在
灌木叢的
隱居房子
根本沒有什麼
浮士德的
故事，他挾在臂下

裝載著
買回來的一罐罐
靈魂，在這裡
像賣座的
電影劇本，有不同的
複製，即使
用一根火柴
也可以
把最討厭的
魚子醬，從妻子的
廚房屋簷上
跟隨著牛排的
香氣，飄向

梵樂希最想
躺一個端午節的
墓園。

也許不需要
怎樣的背書
和族長式的
承諾，我們攜著
起初是一條
銀河系的手指
就去紐約的
音樂劇院
去看從別的

分開了海水
又回到哭牆和
不再是羅馬人的
地方，那些不喜歡
蒸氣浴和
捲心蛋糕的群貓
真的真的
我們無需再在
二次元的
空間玩捉迷藏的
遊戲了
只要我們還
剩下一點最後

仍然可以分解的
細胞，只要
我們可以像
跳蚤一樣
作為一個
向太陽舉刀的
卑微祭司
於是，我們
還可以用觸鬚
戀愛，千年
或億萬年
遙遠或要來的
大爆炸

不過是藏在
我們的
指甲一隅，其中
一個尚未排期
修剪的缺口。

突然，是那一個
女孩又告訴他
黃昏依舊是
這種罐頭裡的
味道呢
外面有紛紛
被截斷線的

風箏，他們的
身型始終和
熟悉的
維度，一同
站在畢業典禮
那一天，她站在
最後的一排
不停抹乾淨
剛剛吃飽冰淇淋的
嘴角，我們
就是這樣被
今生的
母親和老師

帶大的，雖然
附以太多的
母愛和父愛
但我們烘熟自己的
陽光，還是在
溶金的溫度外
捕捉回來
之後又
縱放回去的火種。
（我們都是喜歡扮演
和足踝
沒有箭傷的
赫克里斯

拒絕戴上荊冠和
拿著羅馬士兵的
短劍和圓盾
等待遲來的航班。）

至於牧師和
神父，稍後
讓我們告訴他
在一畝的
穗田，種出一條魚和
一籃子的
麵包，是不夠塞滿
所有動過

外科手術的
體內空間
即使在春秋或
之前，在馬賊
頻頻撲撲
跳進汨羅江
找尋屈原的
日子，一萬篇
像楚辭和天問
都是不夠的
東去的大江
是應該讓晚唱和
來自不同長街的

船渡，忘記
不停搶掠自己
那是忘川的
另一個故事了。

（終於，我們還是回到
樹下，撿拾著風中的
落葉，閱讀準備包裹
龍眼茶的
隋唐演義
準備在人家
不要的馬鈴薯
刻上自己的記號

我們提醒
西風不一定簾捲
北風也可以呢
乘著千愁而來的
北風不捲，草色
入簾也許不青。）

昨晚擲骰子的
惡夢，除了
在夏天的開始
還在車長的
糧袋裡吧？
所以有沒有

煤炭和
剎車的手掣
都無所謂了
鐵塔和羅浮宮
只是面頰上
一顆顆不經意時
抓傷了的
疤痕，猶之
好色的阿波羅
把浪漫的
標記，輕輕地
咬在女孩的
面頰和背上

（但願我也在儲物櫃
可以找到如此
炙熱的記憶。）

這一定是
沒有終站可停的
列車，到了想像的
驛站，我們只有
拆除別人的
木椅，焚燒自己
這是唯一
可以歸家的
辦法呢。

稍後也可照
西方的模式
傷心地去
聆聽鄉村的騎士
為他們祈禱
因為他們一直
遇不到可以
被屠殺的
印地安人，傳說
他們是騎著
大漠的流沙過來的。
（傳說，他們頭上的
羽毛，是應劫的

次數呀，他們的根
在須彌的西面
很早就知道四方的
愁聚愁散
他們的煙斗
吹出來是
連續不停的
問號。）

聲聞，緣覺篇

一個老師說：譬如盛宴，在食物中，你只有一份漂亮的碟子和刀叉，開始時，你準備是遍食還是單獨吃一點肉，一點蔬菜，一丁點果汁，一杯薄荷酒，咖啡茶就夠了，哦，喜歡的是藍山，也喜歡飽後的閒情嗎？

在任何閒情節日，倘若你想擁抱滿天雲彩，摘下一手乾淨的封冰，躺看緣起而顯的群山片海，你有不止億萬年常臨的層次境界，只要你想像涅槃是什麼樣子，這就是涅槃。

譬如餐後，你的感覺是握住家人的小手，去看看遠處的煙火闌珊，煙火是虛擬的人間，沒有可以尋找的人和物站在闌珊深邃的地方，你的心願溫馨，過去也許是平路不盡迂迴，但暫時的憔悴是可以數得出的朝暮，並沒有你錯過了的季節和假期，在炎熱的仲夏，錯過了一杯色彩塗滿的冰淇淋嗎？秋楓如碎碎的紅糖灑在不甜的可可上，但都無所謂了，雖然是一碟刀叉，不愁和涅槃之路，譬如長長沒有盡頭的紅地毯，你終將走入無言可喻的銀河系。

聲聞

當我赤裸著
從喧嘩的
雷音逃出來
之前，我還是
廚子，可以把
每隻碟子
煮成藏有爵士的
光碟，我說
不如讓

所有的梵音
都在我的
火鍋中腐爛吧
讓老去的
二次元
遺失在第一次
大戰後的
戰壕吧
當油畫裡的
顏色都像
甜豉油滴下
在晚飯的
餐檯上，我們的

面孔，其實和
覓食的
螞蟻一樣
如果他們喜歡
每天去看畢卡索的
油畫，每晚
在酒吧和我一起
做兼職的
領班工作
我們都是
同一族的鼓手
狂飲進入三次元
之後的威士忌。

我們不醉，而且
擁抱著很多
像嬰兒吮拇指的
季節，在我們
被壓傷了的
肩膊，我們的
頭髮，是甜膩膩的
口香糖呢。
（聯想，行走在海上的
基督，是從透明的
天梯，猶之在天竺
過來的行者
慷慨地送給

我們很多個
江南秦淮常常
在井邊出現的
蟲洞。）

一抬眼，就看見
妳從衣櫃出來
原來，從舊傢俱的
市場，隨便可以
買到穿梭時空的
衣櫃，睡夢中
恰似傲遊上苑
妳不是

曾經在黃河岸邊
哭泣前朝的
宮娥嗎？
卻可以送我
一千丈的留海。

我還蹲坐在
隧道或黑洞的
水窮處嗎
據說，連稍稍的
鼻鼾聲，都逃不出
他的追捕
特別我是

懸賞告示裡
站在橋上賣刀劍的
男人，每次
大革命的時候
就被關入歐洲的
監獄，每次在
行刑之前
和所有貴族
都渴望在失去
頭顱之後
可以回去和
深愛的
妻子女兒廝守。

我也是蹲坐著
在函數裡看見
振弦的微塵
這是我中年時
收到老師的
最好禮物了
在醫院貴價的
病床上
他們撫摸我
微熱的額頭
送我不像袈裟的
蘇格蘭睡衣
我不是在菩提樹下

抱著頑皮的
樹葉回來的
尊者，也不是
把水滸傳所有
星宿變成討海人
那類型的菩薩
彼此隨緣，寄生在
長街一隅。

世尊，我喜歡
在五更天
仍然邀飲遠來的
俠客，倦遊的

浪人，向凡人舉杯
到我夭折之後
請帶著伏特加把我
焚燒的氣味
一口飲盡
（世尊，當我推開這道
墨綠色的大門
也只是喜歡回到
中年以後的音樂會
妻子的面容是
隨緣而來
風霜撲面後的
豐饒季節

雨到濃時
家內一盞明亮
花紋如醉的
燈盞，是我
最後的列車行程。）

我繼續蹲坐
你總是送給我
很多老年後才
熟悉的玩具手槍
世尊，風乍起
我也許曾經是
最好的荷官

我善於賭博
即使和走繩索的
藝人相比
我也可以
贏得一座座
玲瓏的佛塔
但我寧願
帶著送我以
一千丈留海的
妻子就走了
帶著一百年後
在東京抱著
可口可樂的女兒

就走了
寧願只進入
寂寞的
四次元，把群山
把遠湖和
樹林中的
小屋，種植在
沒有黑洞的
旁邊，遠離你的
苦海星河，就靜靜地
寄宿在耿耿的
歲月，就走了
無風的廚房和

無牽掛的
阿僧祇劫
羅漢只是一宿
明天就
偷偷地離開的
客人，讓我
掛著客棧的
招牌吧
不再有孟嘗君和
渡人的菩薩了。
（世尊啊，我也許只是
　聆聽著梵音
　輕鬆地落在巴黎

秋天茶座
一個摔倒在
磨坊夜總會
外面的善男子
覺得緣起
只是一座座
漂亮城市的走過。）

緣覺

終於聽到了
群山的呼喚，群山
是我的舅舅
他把袋鼠和
長頸鹿給我們看的
時候，母親還說過
他的壞話呢
說另一個
在愛琴海附近的

弟弟，蹤放
夜獵的
人魚去獵食
一艘艘失路的
大船，讓他們聆聽
不是東方的
小調，住入根本
沒有初曉的
居停，轉眼就
忘記在冥河的
上面，有一個
常駐的陽間。

而我的舅舅
給我去看如嶽的
手掌，說最大的
悲劇，是想
等待涅槃自動
爬上他的肩膊
這樣，差不多就
像另一個太陽系
不需要
另一次自己的
焚燒。

舅舅也是一個不信神的

苦行僧，他的
面上總有兩行
又兩行的
金印，他從
我們在幼稚園
就守望著
逃禪的犯人
等候在法場
被劫的刺客
教他們學習怎樣的
佈施，才可以
阻止運走奴隸的
大船，而且

當他們在
泥濘裡面冥想
他們任由體內的
眼淚在
外露的血管流向
乾涸的
黃河，他們的名字
出現在每日的
新聞和訃聞
告訴他們
菩薩不是以
這個形式
存在的，他們

也像其他容易
被蟬群和
在風裡誕生的
蜂鳥譏笑的
浪人，試著把
受傷了的
樹樹，重新種植在
自己的臉頰周圍
當一些饒舌的
瀑布問他
一個西方的
大海，可以被
燒乾幾次？

一個個不斷在
咖啡店和舞會
尋找在許願池
投擲的硬幣
會知道有突然的
傷逝嗎？
其實，真正的
硬幣，正面和反面
戴著假髮的
肖像，都是一個
在爆炸後又容易
甦醒的自己
即使是朝飲

弱水三千的群山
終會被長車踏破
然後走入輪迴。
（而輪迴，其實是
不存在的，我們終將
走入另一平面的
放逐遊戲，在失敗的
戰爭，和稍稍慈悲的
監管下，就來了
明明是無色無感覺的
運載，我們是那種
隨著時空
隨著蔬菜

隨著調味品和
一點點慾望來的
政治犯人
所以渴望著
在教堂之外
看到曾經很熟悉的
吊刑臺
我們因為不衛生的
戀愛，而被失去喜悅的
丈夫，吊在離開
十字架不遠的
地方，那是另一類
在逾越節後

很容易被忘記的
故事了。）

這是不會停站的
列車嗎？
彷彿把我們
運來運去
這些不同場地
不同司機和
不同背景的
列車，都是不同銀河系的
擺渡者和
捕快的容貌

記得在
教堂的門前
戴著白色頭紗
不停地
讓我們把她拐走的
女孩嗎？
原來在
很殘舊的歷史書上
已經開始了
很幼稚的
花嫁了，記得
那時是亞歷山大
在波斯的日子

那時是埃及的
金字塔送給
博物館的日子
那時是荊軻
寂寞地渡過易水的
午後，那是
凱撒被同一把
東方的短劍
簡單而舒服地
插入自己的
輪廓，那時
我也許是在
火化的臺上

宣讀和準備著
下一次的死亡。

當我不再是
沉默而想著吃一碗
把牛扒放在
白飯上的
時候，就回來了
這是一條條回家的
長路，我乘搭過的
方舟，已不再是
掛牆日曆中
放在聖母峰的

山腳，當我們在
集體的
祈禱中入睡
早就被偷去一些
像鵝肝醬的
基因，哦
這也是一粒可以
藏著很多
須彌山的芥子呢
於是，我們就被
帶走，我們是
合格的守衛
也未可定

我們是不停地
攻擊莫斯科三月的
寒冬，不停地和
西伯利亞的
麋鹿一起奔跑
當我在農舍中
沉睡之前
還告訴來自倫敦
來自白朗寧
同一條街的
英國兵丁
不要把我喚醒
我只是想打一場

沒有濃雪舖路的
戰爭。
（於是，我靜靜地
推開一些無名的
風風，無名的雨雨
便可以從容地
回來了
儲存在風褸的
帽子裡的
款項已足夠
買一些在銀河系
附近的牧場
那一定是可以

在不景氣的
時期，收購大型的
城市，租給一些
引渡過來的
朋友，長髮搖曳
是我的姊姊嗎？
於是也送給她們
一系列的
嫁妝，以及沒有
嗩吶的儀仗隊
以及一些
沒有人願意下葬的
早晨。）

大漠篇

沙粒真是一個個古怪和蠱惑的行腳，在明信片和電影畫面，我看見的大漠是很人性的，不會呼吸，是無窮無盡的歲月星河代他緩緩呼吸，四季的銀河，是常常守護不分割有情城市的大漠，讓他看盡滿佈的燈籠，他們是被寵壞的孩子。

我想像沙漠是有足踝的，而且喜歡無盡但不太無聊的風月，風月在大江以南，風月是在撒哈拉以北，風月在敦煌，被線裝書和佛經古卷，埋葬了的地方，而敦煌，是一群一群菩薩，在受苦受難的時候，哭泣的地方，陪伴他們，便是能行萬里的大漠。

大漠

(在童年看過的
沙漠還是
向未竟朝聖的
行腳嗎？他們一直
沒有背囊和
超重的行李
也許再渡過
一萬個劫數
都是披著

鵝毛黃色的
雨褸，真像一個
搖擺樂手的衣服
貼滿薩克斯風的
剪影，甚至
修短了參差的
頭髮，哦，這些
遠離了侏羅紀
那麼隔涉的
空間，和他們
一起去旅行的
黃沙，在敦煌
已經埋葬了

很多描述取經人的
線裝書了。）

在全年霧霧雨的
日子，我早想把花園的
鞦韆，搬去
銀河系，那時
他就來了
風霜仍然把他的
面容銹蝕
送我一張像
魔法師的
寫字檯，就走了。

輕輕拉開放滿
迴紋針的
一格，蟲洞像
紛紛把深秋和蠶蛹
放入自己的
內衣的
螢火蟲，哦
這是我曾經
在下課時
頻頻告解的
小室嗎？當我
望著喜歡的
網球場以及

一直伴我走入
暮年的球拍
以及傷心的
球袋，真的真的
裡面載著
不停下葬和不停
掘起後
又和我在浮臺
看著自己在恆河
下葬的
婆羅門
再遠的年代
阿育王朝代的

潮濕春季
老師和一群
轉移次元的
時候被拐走的
孩子，從尼泊爾的
菩提樹下走到
仍然焚燒煤炭的
田納西渡船上
和最初的渡客
看轉動著的
年輪如何在長河
嗚咽著
走向俄亥俄

更遠而且沒有
猶太教的地方。
（彷彿不斷被
緣起緣滅引起的
錯覺，像伴著
濃茶旁邊的
捲心蛋糕
應該留在半夜
獨自歸來
把球拍放在
床沿一角，當我
看見一隻飢餓的
土撥鼠

走出來的時候
彼此吃一塊
蛋糕便是
真正的隨緣嗎？）

當我知道
懂得反穿自己的
衣服，而且
知道埋藏在
雨傘的
裡面可以收藏
還在流淚的
黃昏，其實

在無光無色的
爆炸，不必再去
尋找早已失去的
赤壁，和失去的
驚濤了，談笑間
所有的胡虜和
鎖在體內
無數的告解室
當所有的
學生突然都
坐在禮堂上
聆聽著領禱者
講述獵人的

故事，而且好奇地
想知道，牠們和
善男子
善女子，是否
都有過不堪的
前生，以及
戀愛時，彼此的叮嚀
仍然很容易地
老化如隆冬後的
厚冰嗎？
當凡人的鬢邊
彷佛是下課後
黑板上留下的

粉白，我們突然就
掛念著母親
和她的針線盒
甚至偶而跌落在
黑龍江酒店內的
近視眼鏡
哦，那是最好聽的
加持，倘若有
另一次笑話的
彌留時候
是可以像那次
吹紅氣球的
節奏，把諸神在

黃昏嘆息的
聲音，放在病了的
心臟，更接近的
位置，哦
這一定是劇場中
最適合搖滾樂的
位置。

世尊，每次照鏡都
喜歡自己常常
轉換的頭顱
並沒有跟隨
今年任何的

節日和燃點過的
蠟燭煙光
回去所謂量子和
玻色子的
閃光城市
我仍然懷念
在雁門關前面
那隻低頭吃草的
駱駝，牠的臨終
會走入一個
掛滿蘋果派
那樣的孤獨國嗎？

世尊，這個還是
在西遊記和
紅樓夢在
一開始的時候
就由渾沌
就雲彩，就可以
乘翼飛向
影的城市的
鷓鴣天，在彈子遊戲
那時，已經想造
第一個可以
吸乾天河的
孩子了，但會留在

一早就邂逅
就面善，就喜歡
說書人的
短凳上嗎？

總記得他教導
我們怎樣去
呼喚禿頂的
羅漢和菩薩
他們一直走在
仙人掌的
荊棘上，血滴在
會笑會奔走的

沙粒，有時
他們是最乾淨
和不肯流浪的孩子。

終章篇

我說真正的菩薩，是孑然一身，在大漠默默獨行，也不撐一把傘，也不備藥物在背囊，手指之處，就是陽光，他是不划而划的舟渡，沙流人不流，當群沙回憶自己是大海，菩薩就是大海，群沙記得自己是銀河系一撮量子，於是菩薩也是夸克內的量子，能在六度梵行中，漸漸可以被一口吹散，散而復合的量子。

苦海是不存在的，苦是一隻隻自己划入江湖的舟渡，回憶是苦味的杯茶嗎，不是。

業力是有情的能量，因緣際會，我們的舟渡，在塵來塵去，一生風霧縛身，逕過遙程三萬里，回來之後，這就知道，唯有轟烈的戀愛，才是一生修行後的雲彩。

終章

世尊，你不是說過
古代的抑鬱
像油漆一樣
不斷染污
今日的高速公路
每一次輪迴
都是收費站
我們沒有導航器
雖然我們知道

曾經有一些
絲路，彷彿在我們的
掌紋裡重生
每一個季節
都是從軍的
十八歲，準備去
燃燒別人的
胸臆，每次都是
無聊地歸來
或者是把
無法以肉身外的
方式，親吻
冷漠的出生地和

緣起未散的
親人，給他們一些
緣散之前的
安慰，唉
這都是金字塔和
巨石陣的
萬聖節糖果嗎？
當我聆聽你的
說話，在另外一條
支離破碎的
銀河系
選擇一個道場
飼養很多由

開始喜歡
掙扎，後來喜歡
舞蹈和早餐的
甜煎餅，這些是
怎樣命名的眾生呢？

我看過在圖騰和
別人國旗旁邊的
殺戮，一些孩子在
鬥獸場上
和獅子的牙齒
玩家家酒的
遊戲，聽說

在那個時候
像滲了鮮血的
白酒，才有了
人肉的氣味。

我們每一次的
甦醒，都是
遊園驚夢，只有
不懂裝懂的
菩薩才去忘記
莎士比亞的
系列，而且
到了傷口發炎的

時候，就會
發覺，從渭城風雨
平平靜靜
行出來的故舊
除了面上的
風雨輕塵
手上還準備
送給你們的
盛滿一座座
鄉愁的陽關
這些假有的
藥方，假意以
郎中或者是

內科醫生的
手術刀
把我們因為儲存
過多的業力
所謂不敢再問
世間是什麼的
使結，割出來
再灑落在
由高空拍攝下的
地圖。

唯有這樣，才是和
布穀鳥玩最

懸疑的推理佈局
在沒有什麼
叫做歸與的
廣場和電影廣告中
把一束束
喜歡行吟
仍然在
鄉音裡擱淺的
母親，把那些
一束束的
浪人，或稱之為
菩薩，縛好
再送到西伯利亞

再看一次通古斯的
爆炸吧，這也是
由於諸神
惹起的禍呢。

世尊，由於有
很多像秋海棠一樣
廣闊的
長街淺灘
猶之哭牆，就在
我的單人床
擺放著家庭照片的
角落，分開的

紅海，就在
窗下，當下是
一棵棵曾經
讓我們在
舞會回來
加上紋身的樹。

世尊，在你的授記
之後，並且送我一根
吮飲所有母親眼淚的
吸管，於是
就離開大漠的
道場，因為我

從來不是老實的
醫生，不會把曾經
手談，曾經把
老師試圖縛在
路軌上的
同學，送給常常
划入奈河的
舟渡，而且
根本就沒有
苦澀的海，我的
獨木舟，在黯淡的
光年過去了後
從古渡划出來

相熟的猿群就來了
以後就沒有
火燒連環船的
冬天。

（世尊，我的白髮
一直埋在咸陽的
泥土呢，雨停之後
就應該瀟灑地
蓑衣寬袖
把妻子的面容
放入內衫的
摺縫，就走了

哦，就看看
一枕的黃粱
飲了一千年
還可以入樽的
女兒紅
居然還可以典當
簌簌而落
那是骨灰落下的
聲音。）

文化生活叢書・詩文叢集 1301043

豈有不懂戀愛的菩薩

作　　者　草　川
責任編輯　陳胤慧

發 行 人　林慶彰
總 經 理　梁錦興
總 編 輯　張晏瑞
編 輯 所　萬卷樓圖書(股)公司
排　　版　菩薩蠻數位文化公司
印　　刷　百通科技(股)公司
封面設計　菩薩蠻數位文化公司

發　　行　萬卷樓圖書(股)公司
臺北市羅斯福路二段 41 號 6 樓之 3
電話 (02)23216565
傳真 (02)23218698
電郵 SERVICE@WANJUAN.COM.TW
香港經銷
香港聯合書刊物流有限公司
電話 (852)21502100
傳真 (852)23560735

ISBN 978-986-478-347-2
2020 年 06 月初版一刷
定價：新臺幣 680 元

如何購買本書：
1. 劃撥購書，請透過以下帳號
   帳號：15624015
   戶名：萬卷樓圖書股份有限公司
2. 轉帳購書，請透過以下帳戶
   合作金庫銀行　古亭分行
   戶名：萬卷樓圖書股份有限公司
   帳號：0877717092596
3. 網路購書，請透過萬卷樓網站
   網址　WWW.WANJUAN.COM.TW

大量購書，請直接聯繫，將有專人為您服務。(02)23216565　分機 610

如有缺頁、破損或裝訂錯誤，請寄回更換

國家圖書館出版品預行編目資料

豈有不懂戀愛的菩薩 / 草川著. -- 初版. -- 臺北市 : 萬卷樓, 2020.06
面 ;　公分. -- (文化生活叢書 ; 1301043)
ISBN 978-986-478-347-2(精裝)

851.486　　109002089